Este libro pertenece a: _____

© Éditions Nathan (Paris-France), 1996

Edición española:
© Editorial Luis Vives. Zaragoza, 1997.
ISBN: 84-263-3722-8
Depósito Legal: Z. 2602-97

Talleres Gráficos: Edelvives
Teléf. (976) 34 41 00 - FAX (976) 34 59 71

Talleres Gráficos Certificados ISO 9002
Impreso en España - Printed in Spain

LOS GRANDES LIBROS DE LA PEQUEÑA RATITA

los Contrarios

Texto de Anaël Dena
Ilustraciones de Christel Desmoinaux

EDELVIVES

Grande ~ pequeño

El gatito del pantalón azul
es el hijo.

Está claro que es **pequeño**.

Su papá, en cambio,

es más **grande**.

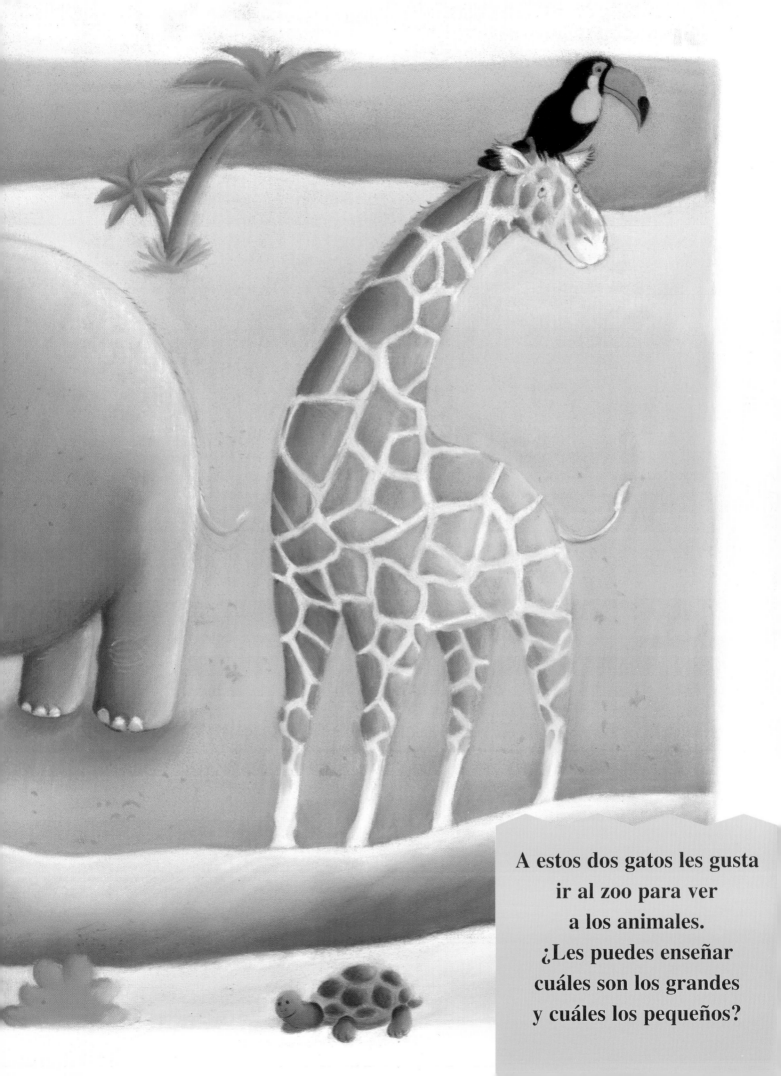

A estos dos gatos les gusta
ir al zoo para ver
a los animales.
¿Les puedes enseñar
cuáles son los grandes
y cuáles los pequeños?

Lleno ~ vacío

La gata Glotona se lo ha comido todo, todo, todo.

Sus bolsillos están **vacíos,** no le queda

ni un caramelo.

El gato Desganado, sin embargo, los tiene **llenos.**

—No te preocupes —le dice él—. Los repartiremos.

Todos estos objetos están repetidos. Una vez aparecen llenos y otra vacíos. Emparéjalos, como hace la ratita.

Ancho ~ estrecho

El jersey del gato Corpulento es **ancho.**

Le está un poco grande.

El del gato Flaco es **estrecho.**

Le queda muy justo.

Los gatitos
deben meter estos muebles
en su casa. Busca
cuáles caben por
la puerta estrecha
y cuáles entran
por la puerta ancha.

Largo ~ corto

A Refinada le gustan las ropas que arrastran.

—Vestirse de **largo** es más elegante —le dice a su marido. Él le responde:

—¡A mí, cuanto más **cortos** son mis trajes, más me gustan!

En el salón de baile
del castillo, ¿qué cosas
son largas? ¿Cuáles
son cortas?

Mucho ~ poco

En la hucha de Avaro están todos sus ahorros.

Tiene **mucho** dinero.

En cambio, Generoso tiene muy **poco**

porque es muy desprendido:

se lo da todo a sus amigos.

Señala en qué dibujos hay muchos personajes o cosas y en cuáles hay pocos.

Gordo ~ delgado

Observa a estos dos amigos.

El **gordo** se llama Rechoncho.

El **delgado** se llama Flacucho.

Los dos están muy contentos

de ser como son.

Busca la cama
de Rechoncho
y la de Flacucho.
Señala qué ropas
y objetos pertenecen
a cada uno.

Lento ~ rápido

El gato **lento** se llama Cansado.

Él siempre llega con retraso.

La gata más **rápida** se llama Veloz.

Ella siempre es puntual, y

esto le encanta a la maestra.

**Mira el dibujo
y señala qué animales
o cosas son lentos
y cuáles rápidos.**

Abierto ~ cerrado

Laborioso ha de terminar
sus deberes.

Tiene sus grandes ojos **abiertos.**

Perezoso tiene los ojos **cerrados.**

Se ha quedado dormido sobre
su cuaderno.

En esta habitación,
¿qué está abierto
y qué está
cerrado?

Frío ~ caliente

Friolera ha salido en camisón.

—¡Qué **frío** hace aquí! —le dice a su amigo.

—Yo no lo noto. Estoy bien **caliente** con mi abrigo

—responde Abrigado, que se ha puesto

sus ropas de invierno.

Mira los dibujos.
¿Qué crees que
está caliente
y qué está frío?

Limpio ~ sucio

Descuidado está siempre **sucio.**

Come de cualquier manera.

Coqueto, sin embargo, no se mancha.

Es un gato **limpio** y refinado.

Mira el comedor.
Señala qué está limpio
y qué está sucio.
¿Cuál de los dos
perros se parece
más a Descuidado?

Suave ~ áspero

¡Cuántos regalos hay bajo el árbol!

Los hay para todos los gustos.

Delicada se hace cosquillas con su pompón.

Es redondo y **suave.** Pincho está

muy contento con su **áspero** erizo.

En el salón, distingue
qué objetos son suaves
y cuáles son ásperos.

Contento ~ enfadado

El gato Félix está muy **contento.**

Sus flores han crecido mucho porque

las ha regado muy bien.

La gata Tristona está **enfadada;**

la rueda de su bici se ha pinchado.

¿Cómo va a volver?

Mira el dibujo.
¿Quién está contento
y quién está enfadado?

Mojado ~ seco

Distraído está completamente **mojado.**

Pensaba que haría buen tiempo

y no se ha puesto su chubasquero.

Bien **seco** bajo el toldo, Precavido espera;

¡pronto dejará de llover!

Mira el paisaje.
La lluvia
lo ha mojado todo,
pero hay personajes
y cosas que
están secos.
Señálalos.

De frente ~ de espaldas

Aplicada se ha puesto **de espaldas**

para dibujar en la pizarra.

La maestra está **de frente,**

y lee un libro a sus alumnos.

Observa el dibujo y busca a los que están de frente y a quienes están de espaldas.

Encima ~ debajo

Apocado tiene miedo de Pillín, por eso
se ha escondido **encima** del armario.

Pillín quiere encontrarlo para jugar a la pelota.

Y lo busca hasta **debajo** del sofá.

Mira el dibujo. Busca
los objetos que están
encima o debajo
de alguna cosa.

Dentro ~ fuera

¿Quién está haciendo ese ruidito tan gracioso?

—No os mováis —dice Desconfiado—,

es mejor que nos quedemos **dentro.**

Pero Curioso no está de acuerdo, y

sale para ver quién anda **fuera.**

**Mira los dibujos
y señala qué animales
están dentro
y cuáles fuera.**

Arriba ~ abajo

En el tobogán, sentado **arriba,**

Prudente duda si tirarse:

—Me parece demasiado resbaladizo.

—Vamos, decídete —le grita Atrevido—.

Yo ya estoy **abajo.**

Observa el dibujo.
Señala lo que
está arriba y lo que
está abajo.

Delante ~ detrás

—¡Colocaros bien!

—grita enfadado el fotógrafo.

Descarado es demasiado alto

y se ha puesto **delante,** por eso

el gatito Tímido, que está

detrás de él, no saldrá

en la foto.

Para hacer la foto de la clase, el fotógrafo ha dicho: «Los altos detrás y los pequeños delante». ¿Han obedecido todos los gatitos? Señala quiénes no están en su lugar.

¿Quién es primero **pequeño** y después **grande?**

¿Quién es primero **delgado** y después **gordo?**

¿Quién está primero **delante** y después **detrás?**

¿Quién está primero **de frente** y luego **de espaldas?**

¿Quién está primero **abajo** y luego **arriba?**

¿Quién tiene primero **pocas** manzanas y después **muchas?**

¿Quién está primero **limpio** y luego **sucio?**

¿A quién le queda la ropa primero **ancha** y después **estrecha?**

¡Tú lo tienes que saber!

Juego de los contrarios

Reglas del juego:

Para jugar hace falta una ficha por jugador
y un dado. Se colocan las fichas en la casilla
de salida. Cada jugador tira el dado en
su turno y mueve su ficha el número
de casillas correspondiente.

SALIDA

FRÍO

PEQUEÑO

LENTO

FUERA

ENFADADO

ESTRECHO

CERRADO

GRANDE

VACÍO

ABAJO

DEBAJO

DE ESPALDAS

44

Llegado a una casilla, el jugador
observa el dibujo, dice qué representa
y da el nombre del contrario.
Si no acierta, retrocede
una casilla. El ganador será
aquel que alcance primero
la casilla de llegada.

SUCIO

MOJADO

LLENO

CONTENTO

LARGO

MUCHO

GORDO

POCO

ARRIBA

LLEGADA

ÁSPERO

DENTRO

CALIENTE

ANCHO

ABIERTO